AF103629

www.ingramcontent.com/pod-product-compliance
Lightning Source LLC
LaVergne TN
LVHW010419070526
838199LV00064B/5357
9789358728002

فیصلہ

(ناولٹ)

مصنفہ:

عالم آرا

© Taemeer Publications LLC

Faisla (Urdu Novelette)
by: Aalam Aara
Edition: November '2023
Publisher :
Taemeer Publications LLC (Michigan, USA / Hyderabad, India)

ISBN 978-93-5872-800-2
9 789358 728002

مصنف یا ناشر کی پیشگی اجازت کے بغیر اس کتاب کا کوئی بھی حصہ کسی بھی شکل میں بشمول ویب سائٹ پر اَپ لوڈنگ کے لیے استعمال نہ کیا جائے۔ نیز اس کتاب پر کسی بھی قسم کے تنازع کو نمٹانے کا اختیار صرف حیدرآباد (تلنگانہ) کی عدلیہ کو ہو گا۔

© تعمیر پبلی کیشنز

کتاب : **فیصلہ** (ناولٹ)

مصنفہ : **عالم آرا**

پروف ریڈنگ / تدوین : اعجاز عبید

صنف : فکشن

ناشر : تعمیر پبلی کیشنز (حیدرآباد، انڈیا)

سالِ اشاعت : ۲۰۲۳ء

صفحات : ۳۸

سرورق ڈیزائن : تعمیر ویب ڈیزائن

گھر میں شادی کا ہنگامہ تھا۔ ہر کوئی مصروف تھا۔ بھائی اور بھابھی کی خوشی کا ٹھکانہ نہ تھا۔ انکے ہر انداز سے ان کی خوشی اور طمانیّت صاف ظاہر ہو رہی تھی۔ خاندان بہت بڑا تھا اس لئے کچھ لوگ پہلے سے ہی آ گئے تھے جن کی وجہ سے رونق زیادہ تھی۔ ردا بیوٹی پا رلر جا چکی تھی۔ کھانے پر پابندی کی وجہ سے لال میں صرف کولڈ ڈرنکس تھے، لیکن قریبی لوگوں کے لئے گھر پر کھانے کا انتظام تھا جس کی وجہ سے کافی کام کرنے والے ٹیبلز وغیرہ لگانے میں مصروف تھے۔ مجھے کافی تھکن ہو رہی تھی اس لئے میں نے سوچا کہ تھوڑی دیر جا کر لیٹ جاؤں، تاکہ شام کی تقریب کے لئے تھوڑی چستی آ جائے۔ کیونکہ مجھے پتہ تھا کہ آجکل رخصتی وغیرہ میں آدھی رات ہو جاتی ہے۔

میرے کمرے میں بھی مہمانوں کا سامان پھیلا ہوا تھا۔ لیکن اس وقت کمرے میں کوئی نہیں تھا شاید سب اپنی اپنی تیاریوں میں مصروف تھے میں نے شکر کیا اور موقعہ غنیمت جان کر اپنے بستر پر لیٹ گئی۔

مجھے دو ماہ پہلے کی بات یاد آ گئی، جب بھتیجی نے یہ کہہ کر شادی سے صاف انکار کر دیا تھا کہ وہ اپنا خیال خود رکھ سکتی ہے اسے کوئی ضرورت نہیں ہے کہ وہ کسی کی غلامی میں جائے، وہ اتنا پڑھ چکی ہے اور اچّھی جاب بھی ہے وہ اپنا گزارہ خود کر لے گی اور بحث کے دوران جب اس نے میری مثال دی تو بھائی اور بھابھی چیخ پڑے وہ ان کی اکلوتی اولاد تھی، دونوں ماں باپ سخت طیش میں آ گئے اور گھر کی فضا انتہائی ناخوشگوار ہو گئی جب میں کالج

سے پڑھا کر تھکی ہاری واپس آئی تو مجھے ان کے عتاب کا شکار ہونا پڑا اور بھائی نے یہ کہہ کر کہ تم ہی اسے سمجھا سکتی ہو ساری ذمہ داری مجھ پر ڈال دی۔

بھابھی کھنچی کھنچی سی تھیں ظاہر ہے ان کی بیٹی کا معاملہ تھا، میں نے وعدہ کیا کہ میں ردا کو سمجھاؤں گی اور یہ بھی کہ وہ ضرور شادی کے لئے تیّار ہو جائے گی، میں نے ردا سے بات کی تو اس نے انتہائی نخوّت سے کہا' آپ لے بھی تو زندگی بغیر شادی گزاری ہے اور میرا خیال ہے کہ کچھ بری نہیں گزری آپ ہمیشہ خوش و خرّم اور اپنے فیصلوں کی مالک رہیں۔ جیسا آپ کا دل چاہا آپ نے کیا تو مجھے کیوں میری مرضی کے خلاف اس فیصلے میں باندھ رہے ہیں۔ میں اپنی زندگی جینا چاہتی ہوں، میں نہیں چاہتی کہ کوئی بلا وجہ مجھ پر حکمرانی کرے، بس مجھے نہیں کرنی شادی۔

میں خاموشی سے اس کی بات سنتی رہی تھی اور پھر میں نے اس سے دوسرے دن بات کرنے کا فیصلہ کیا اور سوچا کہ کل میں چھٹی لے لوں گی تا کہ میں اس کے واپس آتے ہی اس سے بات کر سکوں، اور میں رات بھر سکون سے نہ سو سکی سوچتی رہی کہ اسے کیسے سمجھاؤں طرح طرح کے تانے بانے بنتی رہی اور پھر یہ سوچ کر سکون سے ہو گئی کہ میں اسے اپنے تمام حالات اور جزبات بتاؤں گی اور پھر اس پر چھوڑ دوں گی جو اس کا فیصلہ ہو۔

ماضی پکچر کی طرح میرے سامنے تھا ہم سات بہن بھائی تھے میرا نمبر تیسرا تھا دو بھائی بڑے تھے پھر میں پھر دو بھائی اور دو چھوٹی بہنیں، اسطرح ہم تین بہنیں اور چار بھائی تھے والد کا کاروبار تھا اس لئے گزر بسر آرام سے ہوتی تھی جب سے میں نے ہوش سنبھالا تھا چھوٹے بہن بھائیوں کی ذمہ داری میری تھی، دونوں بڑے بھائی اپنے کالجز میں ہوتے تھے میرا زیادہ وقت کالج سے آنے کے بعد گھر پر گزرتا تھا میں اس عمر میں آگئی تھی جب لوگ اپنے لڑکوں کے لئے رشتوں کی تلاش میں مجھ پر بھی نظر ڈالنے لگے تھے۔ مگر جب

کبھی امّی کے کسی رشتہ دار کی طرف سے میرا رشتہ آجاتا تو سمجھو گھر میں مہابھارت شروع ہو جاتی، میرے والد والدہ کے خاندان میں ستّر عیب نکالتے ان کی کوئی بات بھی معیار پر پوری اترنے والی نہ ہوتی۔

'جب میرے خاندان میں اتنے عیب تھے تو آپ نے مجھ سے شادی کیوں کی امّاں چڑ کر پوچھتیں'۔

ابّا کے پاس اس کے سوا کوئی جواب نہ ہوتا کہ وہ خاموش رہیں، وہ شیروانی پہنتے اور باہر چلے جاتے۔

اس وقت مجھے غصّہ تو بہت آتا اور برا بھی لگتا کیونکہ امّاں کافی دیر خاموش رہتیں اور ان کی آنکھیں بھیگی رہتیں۔ پھر بھائی واپس آجاتے اور گھر میں چہل پہل ہو جاتی۔

بڑے بھائی تعلیم ختم کر کے ابّا کا ہاتھ بٹانے لگے اور نمبر دو بھی اپنی تعلیم مکمّل کرنے میں مصروف ہو گئے میں نے بھی انٹر کر لیا اور یونیورسٹی جانے کے خواب دیکھنے لگی، اس سے پہلے گریجویشن ضروری تھی مارکس اچّھے تھے لہٰذا بی۔اے میں داخلہ آسانی سے مل گیا، کالج بھی کچھ زیادہ دور نہیں تھا اور میں اپنی پڑھائی میں مگن ہو گئی۔ تین بھائی بہن کالج میں آگئے تھے صرف ایک چھوٹی بہن اسکول میں تھی یہ چاروں امّاں سے زیادہ مجھ سے مانوس تھے کیونکہ میں ان کی ہر طرح کی دلچسپیوں میں ان کا ساتھ دیتی اور سچ کہوں تو مجھے اپنے چھوٹے بہن بھائیوں سے محبت بہت تھی ان کی باتیں مجھے ہر فکر سے آزاد کر دیتی تھیں اور مجھے لگتا تھا کہ یہ چھوٹے چھوٹے فرشتے ہیں وہ بھی مجھ سے ایسی ہی محبت کرتے بلکہ چھوٹی تو سوتی بھی میرے پاس تھی جب وہ سو جاتی تھی تو میں اسے اس کے بستر پر لٹا آتی، لیکن صبح جب میری آنکھ کھلتی تو وہ مجھے اپنے برابر سوئی ملتی اس وقت مجھے غصّے کے ساتھ ساتھ اس پر پیار بھی بہت آتا۔

دن گزرتے گئے میرے امتحان قریب آگئے میں تیّاری میں مصروف تھی کہ اسی دن پھر امّاں اور ابّا میں جھگڑا ہو گیا اب میرا رشتہ ابّا کے کسی رشتے دار کی طرف سے آیا تھا، اور امّاں مقدور بھر اس کی مخالفت میں لگ گئی تھیں۔ میں آپ کے خاندان میں ہر گز اپنی بیٹی کا رشتہ نہیں دوں گی ساری زندگی میری طرح روتی رہے گی تمہارے یہاں عورتوں کی قدر ہے ہی نہیں امّاں بڑبڑاتیں۔ اور ابّا حسب عادت باہر کا رخ کرتے۔ میں حیران ہوتی کہ میں نے کبھی نہ تو ابّا کو خیال میں پہلو تہی کرتے دیکھا تھا اور نہ ہی امّاں نے کبھی اپنے فرائض سے لاپرواہی برتی تھی۔ میں بڑی حیران ہوتی ان کی اس جھڑپ پر۔

جب سے میں نے ہوش سنبھالا تھا امّاں کو بہت کم لڑتے جھگڑتے دیکھا تھا وہ نرم طبیعت کی مالک تھیں۔ مگر نہ معلوم کیوں میری بات آتے ہی وہ شیر ہو جاتیں۔ ابّا کو میں نے کبھی ان کی طرفداری کرتے نہیں دیکھا تھا جب موقعہ ملتا وہ ان میں خامیاں نکال دیتے کبھی ان کی کسی بات کو کھل کر نہ سراہتے، شاید یہ ہی وجہ تھی کہ وہ پس سی گئیں تھیں۔ وہ بس مشین کی طرح اپنے کاموں میں لگی رہتیں لیکن ابّا اور ہم سب سے بہت محبت کرتی تھیں۔ دونوں بڑے بھائی بھی امّاں اور ابّا دونوں ہی کو بہت چاہتے تھے لیکن جب ایسا کوئی معاملہ ہوتا تو وہ بھی امّاں کا ساتھ چھوڑ دیتے وہ مجھے اچھّا نہیں لگتا تھا میرے معاملے میں وہ دونوں ہی کچھ نہ بولتے تھے، اگر بولتے ہوں تو مجھے کبھی پتہ نہیں چلا۔

وقت پر لگا کر اڑتا جا رہا تھا کب دو سال گزر گئے پتہ ہی نہ چلا اور آج میرا بی اے کا رزلٹ آیا تھا میری فرسٹ ڈویژن آئی تھی۔ سب بیحد خوش تھے اور میں خود بھی اپنے آپ کو بہت کچھ سمجھ رہی تھی۔ بڑے بھائی نے کہا کہ وہ ایک پارٹی دیں گے اور میں ان سے لپٹ گئی۔ سب خوش تھے سب کو خوشی تھی کہ میں اب یونیورسٹی جاؤں گی۔ اور جب چھوٹی نے بے حد تن کر کہا کہ وہ سبکو بتائے گی کہ اس کی بڑی آپا یونیورسٹی جاتی ہیں۔ ان

سبکی خوشی مجھے اپنی محنت کا صلہ لگ رہی تھی ابّا اور امّاں اس بات پر ایک تھے کہ اگر میں آگے پڑھنا چاہوں تو پڑھ سکتی ہوں۔ مگر امّاں نے کی ایک ہی رٹ تھی کہ اگر کوئی اچھّا رشتہ آیا تو وہ میرے ہاتھ پیلے کر دیں گی۔

غرض پارٹی والے دن سارا خاندان جمع ہوا اور کچھ بھائی کے دوست اور ان کے خاندان بھی۔ بہت اچھّی پارٹی رہی بہت سارے گفٹ ملے میں بہت خوش تھی، کچھ گفٹ مجھے پسند آئے اور کچھ میں نے چھوٹی بہنوں کو دے دیئے اور وہ دونوں بہت خوش ہو گئیں۔ میں نے جرنلزّم میں داخلے کا ارادہ کیا مگر ابّا نے مشورہ دیا کہ لائبریری سائنس میں داخلہ لوں کہ آج کل اس کی کافی مانگ ہے جاب کرنا بھی مشکل نہ ہو گا جرنلزم تمہارے بس کا نہ ہو گا پڑھ کر بھی گھر بیٹھی رہ جاؤ گی شاید یہ سب سے اچّھا مشورہ تھا جو ابّا نے مجھے دیا تھا۔ وہ ہم سب سے محبت بہت کرتے تھے، اور میں نے ان کا کہنا مان کر لائبریری سائنس میں داخلہ لے لیا جو مجھے آسانی سے مل گیا۔

آج جب میں واپس آئی تو امّاں کی آنکھیں پھر گیلی گیلی تھیں اور مجھے سمجھنے میں دیر نہ لگی کہ کیا وجہ ہے، میں کھانا کھا چکی تو چھوٹی میرے پاس آئی ایکطرح وہ میری جاسوس بھی تھی کہنے لگی بڑی آپا آج امّاں ابّا پھر لڑے تھے، بھائی جان کے دوست کی امّی آئی تھیں ان کے جانے کے بعد یہ لوگ زور، زور سے بول رہے تھے۔ اچّھا تم یہ باتیں نہ کیا کرو بری بات ہے'۔ میں نے اسے سمجھایا۔

مجھے بیچینی رہی رات میں جب بڑے بھیا واپس آئے تو امّاں نے انہیں بتایا۔ ' تمہارے دوست کی امّی آئیں تھیں بڑی کا رشتہ لے کر مگر تمہارے ابّا کہتے ہیں کہ وہ ہمارے خاندان کی برابری کا نہیں ہے۔ بھائی چپ رہے۔ امّاں نے کہا اب اس کی عمر شادی کی ہے اگر اسی طرح سبکو انکار کریں گے تو کیا ہو گا، رشتے آنے کی بھی ایک عمر ہوتی

ہے، بڑے بھیّا نے کہا کہ وہ بات کریں گے۔ اور میں سوچنے لگی کہ نہ معلوم کس کا رشتہ ہو گا پوچھ تو سکتی نہیں تھی، یہ مسئلہ بھی چھوٹی نے حل کیا۔ پارٹی فوٹو دیکھتے ہوئے بتایا کہ یہ آنٹی آئی تھیں۔ اور مجھے خیال آیا کہ وہ اچّھا خاصہ خاندان تھا لڑکا بھی خوبصورت تو نہ تھا مگر اسمارٹ تھا، خیر جانے دو۔

کچھ دن گھر میں کھچڑی پکتی رہی اور پھر امّاں ابّا بھی لڑ جھگڑ کر سکون سے ہو گئے اور مجھے احساس ہوا کہ معاملہ ختم ہو گیا۔ میں مطمئن ہو کر آگے کی پڑھائی کے پلان بنانے لگی میرے فائنل امتحان قریب آ رہے تھے ہمارے پریکٹیکل میں کچھ لائبریریز کو وزٹ کرنا بھی تھا اس لئے میں اس میں مصروف ہو گئی گھر میں کیا ہو رہا ہے کچھ پتہ نہ چلتا، صرف چھوٹی ے وتے وقت الٹی سیدھی باتیں بتا دیتی اور بس، سب اپنے اپنے کاموں میں مصروف تھے، سبکے امتحان قریب تھے۔ دونوں بڑے بھائی ابّا کا ہاتھ بٹا رہے تھے جس کی وجہ سے کاروبار اچّھا چل رہا تھا۔ بڑے بھائی کی تعلیم پوری ہو گئی تھی، انہوں نے بزنس ایڈمنسٹریشن میں ماسٹرس کر لیا تھا اب خاندان کے لوگ ان کی طرف متوّجہ ہو رہے تھے مجھے اپنی پھوپی زاد بہن بہت پسند تھی جو میری بہن کے ساتھ ساتھ میری بہت اچّھی دوست بھی تھی گو مجھ سے دو سال بڑی تھی لیکن ہم دونوں میں بے تکّلفی بھی بہت تھی میرے پھوپھا کا انتقال ہو چکا تھا ان کی ایک یہ ہی بیٹی تھی اس نے بہت محنت سے تعلیم حاصل کی تھی اسے ہمیشہ چیزیں اور خاص طور پر کپڑے ڈیزائن کرنے کا بہت شوق تھا ،اس لئے اس نے فیشن ڈیزائنر کا کورس کیا ہمارا خاندان زیادہ آزادی کا قائل نہیں تھا اس لیئے پھپّھو نے اسے گھر سے کام کرنے کا مشورہ دیا اور وہ اپنا چھوٹا سا بوتیک گھر سے چلاتی تھی۔ جب بڑے بھائی کی شادی کا تذکرہ ہونے لگا تو پھپھو تک بھی بات پہنچی، اور اس زمانے میں مجھے لگا کہ میری پھوپی زاد کچھ چپ چپ رہنے لگی اور اکثر اس پر ایک اداسی سی

طاری رہنے لگی میرے پوچھنے پر بھی اس نے کچھ نہیں بتایا۔اور پھر گھر میں بڑے بھیا کی شادی کا ذکر زور شور سے ہونے لگا امّاں تیار نہ تھیں وہ چاہتی تھیں کہ پہلے میرے فرض سے سبکدوش ہوں، مگر ابّا نے حسب عادت مخالفت کی اور کہا کہ اس سے پہلے کہ لڑکیاں نکل جائیں ایک اچھّی لڑکی چن لینا چاہئے کیونکہ بقول ان کے اچّھی لڑکیاں بیٹھی نہیں رہتیں۔ غرض کافی سوچ بچار کے بعد قرعہ پھپّی زاد کے حق میں پڑا،اور میری خوشی کا کوئی ٹھکانہ نہ تھا کہ میری دوست اور کزن میری بھاوج بنے گی بھائی بہت خوش تھے اور پھپھو کی خوشی بھی ناقابل بیان تھی۔

امّاں خوش تو بہت تھیں لیکن میری فکر ان کی خوشی میں کمی کر رہی تھی مگر مجھے خوش دیکھ کر وہ مطمئن ہو جاتیں پھر بھی کبھی کبھی ان پر فکر کا دورہ پڑتا تو وہ بڑے بھیّا سے بات کرتیں،وہ کہتے امّاں ہو سکتا ہے میری شادی اس کے لئے بھاگوان ہو جائے،اور بڑے بھیّا کی بات امّاں میں جیسے نئی روح پھونک دیتی اور وہ خوشی خوشی شادی کے کاموں میں لگ جاتیں۔ سب بہت خوش تھے اور پھر بھیّا کی شادی کا دن آپہنچا۔اس دن لوگوں کی نظریں اور طعنے مجھے بہت سہنا پڑے کوئی ہمدردی کر رہا تھا کوئی شک کر رہا تھا، غرض جتنے منہ تھے اتنی باتیں تھیں کچھ انتہائی حیران تھے کہ بجائے بیٹی کے بیٹے کی شادی پہلے کر دی میری عجیب کیفیت تھی عجیب سا لگ رہا تھا، مگر عمر کے اس حصّے میں تھی کہ تھوڑی دیر اثر رہا اور پھر میں رسموں میں لگ گئی۔

گھر میں بہت رونق ہو گئی تھی، بھیّا کا کمرہ الگ ہونے سے گھر تھوڑا سمٹ گیا تھا۔اور باقی بہن بھائی ایک دوسرے کے قریب آ گئے تھے کیونکہ اب ہم تینوں بہنیں ایک کمرے میں تھے اور تینوں بھائی ایک کمرے میں اور باقی دونوں کمرے امّاں ابّا اور بھائی بھابھی کے تھے۔ میں بھابھی کے آنے سے بہت خوش تھی شادی کا ہنگامہ ختم ہوا۔ حالات

معمول پر آئے اور ہم سب اپنی اپنی مصروفیات میں لگ گئے اب میری جگہ بھابھی امّاں کا ہاتھ بٹاتیں میرے کام میں تھوری کمی ہوگئی تو میں اپنے کاموں میں منہمک ہوگئی اور چھوٹوں کی مدد بھی کرنے لگی۔ سب اپنی اپنی پڑھائی میں اچھّے جارہے تھے۔ وقت بھاگا جارہا تھا۔ میں نے ماسٹرز کرلیا اور مجھے یونیورسٹی ہی میں پڑھانے کی آفر ہوئی، مگر کیونکہ یونیورسٹی بہت دور پڑتی تھی، اس لئے میں نے قریب کے ایک کالج میں اپلائی کیا اور جواب کا انتظار کرنے لگی۔

دونوں بہنوں کی پڑھائی بھی تکمیل پر تھی اور لوگوں کی نظریں اب ان کی طرف اٹھنے لگی تھیں، دونوں اسمارٹ اور اچھی تھیں، میری ساری محبّتوں کا مرکز تھیں، دونوں دبی زبان کہتی تھیں کہ آپ سے پہلے شادی نہیں کریں گے، مگر میں انہیں ڈانٹ دیتی۔ دونوں مجھے لپٹ جاتیں اور میں انہیں پیار کرلیتی، بھابھی کی تگ و دو سے میرے لئے پھر ایک رشتہ آیا اور گھر میں جیسے ایک ہنگامہ کھڑا ہوگیا، بھابھی بھی سہم گئیں، کیونکہ امّاں اور ابّا کے درمیان پھر مہابھارت شروع ہوگئی تھی۔ میں کبھی نہ سمجھ پائی کہ آخر مسئلہ کیا تھا، مجھ سے محبت بہت تھی یا دونوں نے ایک دوسرے کی مخالفت کا تحیّہ کیا ہوا تھی غرض وہ بھی معیار پر پورے نہ اترے اور معاملہ ختم ہوگیا۔ یہ پہلی دفعہ تھی جب میرے اندر طوفان اٹھّا اور میں نے سوچا کہ اب میں خود اپنا فیصلہ کروں گی کہ مجھے کیا کرنا ہے۔ میں نے امّاں کو سمجھایا کہ آپ لے کر نہ کریں اگر میری قسمت میں ہوگا تو ضرور کوئی ایسا رشتہ میرے لیئے مل جائے گا جو آپ دونوں کو پسند ہو اس لیئے نہ آپ پریشان ہوں نہ اپنی طبیعت خراب کریں امّاں چپ ہوگئیں۔ کچھ دن گھر میں تناؤ رہا معمول پر آتے آتے تھوڑا وقت لگا۔ پھر سب اپنے آپ میں مگن ہوگئے۔

بہنوں کے رشتے آنے لگے اور مجھے لگا کہ ابّا کی انا ٹوٹ رہی ہے۔ ان میں اب وہ دم خم نہیں رہا تھا، مگر مجھے یقین تھا کہ اگر کوئی میرے لئے آئے گا تو وہ ضرور اپنے پرانے رویّے پر آ جائیں گے اور امّاں بھی، غرض وقت کسی کے روکے سے نہ رکا ہے نہ کہنے سے چلتا ہے۔ دونوں بہنوں کے اچھّے گھروں سے رشتے آئے اور بھائیوں نے سوچا کہ ان کے فرض سے ادا ہونا ضروری ہے لہذا ان کی شادی کی گہما گہمی شروع ہو گئی، وہ دونوں دقت ملتے ہی مجھے لپٹ جاتیں اور کہتیں کہ میں اپنی زندگی برباد نہ کروں اپنے لیئے فیصلہ کر لوں خاص کر چھوٹی رو، رو کر آنکھیں سجا لیتی۔

ایک سال کے وقفے سے دونوں بہنوں کی شادی ہو گئی۔ اور میں پھر اسی دور سے گذری جس سے بڑے بھیّا کی شادی پر گزری تھی، خاص کر چھوٹی کی شادی میں تو لوگوں نے جیسے میرے سوا کسی کو دیکھا ہی نہیں، کوئی میرے صبر کی داد دے رہا تھا کہ میں کسطرح اپنے آپ کو سنبھالے ہوئے ہوں، اور کوئی میری ہر بات کو بناوٹی کہہ رہا تھا، کوئی مجھے بہت بہادر قرار دے رہا تھا اور کوئی اشاروں اشاروں میں بد نصیب اور منحوس۔ میں ان سب باتوں کی عادی ہو گئی تھی اس لیے زیادہ اثر نہیں لیا۔ امّاں اور ابّا کو بھی لوگوں نے مشوروں سے نوازا، انکا ایک ہی جواب تھا' اسکے لائق کوئی ملے بھی تو۔

غرض اسی دوران بھیّا کے پاس ایک بیٹی آ گئی، اور مجھے دونوں بہنوں کے جانے کا زیادہ پتہ نہ چلا، کیونکہ بھتیجی کی آمد نے گھر میں عجیب سی رونق بھر دی تھی۔ سب ہی کے لئے ایک کھلونا تھی۔ اور مجھے ایک نیا مشغلہ مل گیا۔ وہ میری تمام محرومیوں کا حاصل ہو گئی۔

مجھے یاد ہے کہ جب دوسرے بھیّا کے لیئے لڑکی دیکھنے گئے تو انہوں نے امّی سے میرے متعلق پوچھا، کہ میری شادی کیوں نہیں ہوئی امّاں نے اپنا رٹا رٹایا جملہ دہرایا، تو

انہوں نے دوسرا تیر دے مارا کہ میں رہوں گی کس کے ساتھ ،مجھے ان کی صاف گوئی اچھّی لگی ، مگر امّاں ہتھے سے اکھڑ گئیں۔ 'ہم آپ کی بیٹی دیکھنے آئے ہیں اپنے خاندان کے حصّے بخرے کرنے نہیں آئے' اور امّاں سخت ناراض واپس آئیں ،میں نے سمجھایا کہ یہ سب تو ہو گا۔ گھر آکر جب امّاں نے یہ بات گھر میں بتائی تو بھیّا سنجیدہ ہو گئے۔ نمبر دو نے حل نکال لیا انہیں آفس کی طرف سے گھر کی آفر تھی انہوں نے وہ قبول کر لی اور اسطرح ان کی شادی بھی جلدی ہو گئی یہ خاندان تھوڑا تیز تھا اور چالاک بھی ،اس لیئے بھیّا ان ہی کے ہو رہے۔ اب حالات کچھ اسطرح ہوئے کہ سوائے بڑے بھیّا ابّا کا سہارا کوئی نہ رہا سب اپنے اپنے راستے لگ گئے اب ابّا سخت چڑچڑے ہو گئے اور امّاں کی شامت تو بات بے بات آنے لگی۔ دونوں چھوٹے بھائی مجھے سمجھاتے 'آپا اکیلے زندگی کیسے گزاروگی ،اپنے لیئے کوئی فیصلہ کر لو'۔ اور میں ان کی بات سن کر ہنس پڑتی۔ 'دیکھو بھائی میری نوکری ہے اپنا خرچہ خود اٹھاتی ہوں ،تم میں سے کسی پر بوجھ نہیں بنوں گی'۔ وہ افسردہ ہو جاتے'۔ یہ مطلب نہیں ہے مگر سوچ لو تو اچھّا ہے۔'

اور پھر کسی بہن کے یہاں کچھ ہونے والا ہوتا تو وہ مجھے بلاتی کہ میں گھر اور بچّوں کو دیکھ لوں ،بقول ان کے آپ پر تو کوئی ذمہ داری ہے نہیں۔ تو ذرا سا مدد کے لئے آجائے '۔ اور پھر کبھی ہفتہ اور کبھی کبھی دو دو ہفتے میں ان کے گھر رہ آتی۔ لیکن کبھی کبھی مجھے ان کی زندگی دیکھ کر کہیں نہ کہیں ایک محرومی کا احساس ہوتا اور میں سوچتی اگر میری شادی ہو جاتی تو میں بھی ایک ساتھی کے ساتھ زندگی گزار رہی ہوتی۔ میں ڈیپریس ہو جاتی مگر میں نے کبھی اسطرح محسوس نہیں کیا تھا جیسا اب کرنے لگی تھی۔

پھر وقت اس تیزی سے گذرا کہ میں اس دور میں آگئی جہاں شادی ہونے نہ ہونے سے کوئی فرق نہیں پڑتا ،بلکہ اب میں سختی سے اس راہ پر چل پڑی تھی جہاں خود مختاری

اور اپنا آپ ہی اچھّا اور سب کچھ لگتا ہے۔ اور محسوس ہوتا ہے کہ یہ ہی زندگی اچھّی ہے کیوں کسی کی تابعداری کرنا کیوں بلاوجہ کی ذمہ داریاں اٹھانا۔ اب امّاں ابّا بھی بالکل ناامید ہو گئے تھے۔ سب بھائی بہن اپنے گھروں میں خوش تھے، صرف میں امّاں ابّا بڑے بھائی کے ساتھ تھے بڑے بھائی ہم سبکا بہت خیال رکھتے تھے زندگی آرام سے گزر رہی تھی کہ ایک دھکّا لگا ابّا بیمار پڑ گئے، گھر کی ذمہ داریوں کے ساتھ ساتھ ہسپتال کے چکّر اور گھر میں بہن بھائیوں کی آمد سر اٹھانے کی فرصت نہ تھی دو ہفتے بعد انہیں گھر لے آئے، لیکن ان کی طبیعت سنبھل نہیں رہی تھی تکلیف نے انہیں چڑ چڑا کر دیا تھا امّاں کی شامت اور مزید آنے لگی تھی وہ جتنا جتنا ان کا خیال رکھتیں ان کی تنقید کا نشانہ بنتیں مگر وہ صابر خاتون ان کی کسی بات کا برا نہ مناتیں اور مشین کی طرح ان کے سب کام کرتی رہتیں۔ ماشاء اللہ جب سب بہن بھائی اور ان کی اولادیں جمع ہوتیں تو گھر رونق سے بھر جاتا بچّوں کے چھوٹے چھوٹے جھگڑے، سب مجھ سے لپٹے رہتے کہیں سے پھپھو کی آواز آتی کہیں سے خالہ کی اور میں ان کی فرمائشیں پوری کرتی رہتی۔

جب کبھی بہنوں اور بہنوئیوں کے درمیان چھیڑ چھاڑ دیکھتی تو عجیب سا احساس ہوتا اور دل چاہتا کہ میں بھی ایسی زندگی گزارتی، یا کبھی بھائی بھابھی کو دیکھتی تو کہیں نہ کہیں کسی کمی کا احساس ضرور ہوتا۔ لیکن پھر جلد ہی اس کیفیت سے نکل جاتی، اور روز مرّہ کے معمول ہر جذبے پر حاوی ہو جاتے۔

ابّا میری شادی نہ ہونے کا الزام بھی امّاں پر لگاتے، اور آجکل وہ زیادہ ہی بے چین تھے میں انہیں اطمینان دلاتی کہ میں بالکل خوش اور مطمئن ہوں مگر اندر ہی اندر وہ گھلنے لگے اور ایک دن سبکو چھوڑ کر چل دیئے۔ امّاں بالکل مرجھا گئیں لمبا ساتھ چھوٹا تھا وہ ایکدم ہراساں ہو گئیں۔ پھر لوگوں کے طعنے اور باتیں جو مجھے بنیاد بنا کر سنائے جاتے، ہر

پرسہ دینے والا ابّا کا غم کم کرتا میری فکر میں زیادہ گھلتا نظر آتا۔اس وقت مجھے سخت غصّہ آتا کہ یہ کون ہیں میری زندگی میں دخل دینے والے ،لیکن آج جب پیچھے مڑ کر دیکھتی ہوں تو دل چاہتا ہے کہ کاش ان میں سے کسی کا طعنہ مجھے لگ جاتا اور میں کسی کی ساتھی ہوتی۔

ہم سبکو سنبھلنے میں بہت وقت لگا جھگڑے الگ کھڑے ہوئے مگر شکر ابّا کی وصیّت نے ہنگامے پر قابو پالیا۔اور سب ان کے فیصلے پر رضا مند ہو گئے ،سبکو سبکا حصّہ دے دیا گیا۔اور بڑے بھیّا نے ابّا کے بزنس کو جاری رکھنے کا فیصلہ کرتے ہوئے بقیّہ پیسہ ادا کرنے کا وعدہ کر لیا، میں نے اور امّاں نے اپنا حصّہ بڑے بھیّا کو دے دیا تا کہ ان پر زیادہ بوجھ نا آئے اور اسطرح بڑے بھیّا بزنس کے حقدار ہو گئے، لیکن انہوں نے یہ بھی وعدہ کیا کہ وہ میرا اور امّاں کا پیسہ ضرور واپس کر دیں گے۔ امّاں کو بالکل چپ لگ گئ تھی۔میں اور بھابھی ان کا بہت خیال رکھتے مگر وہ ایسی ہو گئیں جیسے کوئی کسی سے اس کی بادشاہت چھین لے۔حالانکہ سب پہلے کی طرح تھے۔بھابھی کوئی بات ان کے مشورے کے بغیر نہ کرتی ہمیشہ ان کے فیصلے کو مقدّم رکھتی، مگر امّاں آہستہ آہستہ ہر چیز سے لاتعلق سی ہوتی جارہی تھیں۔میں کبھی کبھی حیران ہوتی کہ امّاں کی تو ابّا نے کبھی قدر ہی نہ کی تھی مگر پھر بھی اور میں سوچتی شاید یہ رشتہ ہی ایسا ہے، کہ ایک کے بغیر دوسرا بالکل نامکمّل ہو جاتا ہے۔

میرے کالج میں آجکل کافی تبدیلیاں آرہی تھیں کچھ ٹرانسفر ہو رہے تھے۔کچھ نئے لوگوں کو اپائنٹ ہونا تھا۔میں نے دعا کی کہ میرا ٹرانسفر نہ ہو اور ایسا ہی ہوا، لیکن اسٹاف مین ایک نئے پروفیسر کا بھی اضافہ ہوا یہ قبول صورت آدمی تھے ،بذلہ سنج تھے جلد ہی سب میں گھل مل گئے اپنے پیشے سے بہت لائل تھے اس لئے زیادہ تر باتیں جاب سے متعلق یا لائبریری کی ترقی سے متعلق ہوتیں۔میں بھی کیونکہ کالج کے سینیر اسٹاف میں

تھی اس لئے مجھ سے بھی ان کا واسطہ پڑتا۔ میں نے محسوس کیا کہ کبھی کبھی وہ میرے متعلق جاننے کی کوشش کرتے کبھی کبھی یہ بھی اشارہ دیتے کہ انہیں پتہ ہے کہ میں غیر شادی شدہ ہوں۔ مجھ پر ان کی باتوں کا شروع شروع میں تو کچھ اثر نہ ہوا مگر جب ہمارا زیادہ وقت ساتھ کام ہوا تو میں نے ان کا جھکاؤ محسوس کیا مگر جلد ہی سوچا کہ میرا وہم ہو گا۔

آجکل سب سے چھوٹے بھائی کے یہاں تیسرے بچّے کی آمد آمد تھی اس لئے کافی ہنگامہ سا تھا بھابھی بھی اس کے لئے چیزیں بنا رہی تھیں میں نے سوچا تھا کہ پرام خرید کر دے دوں گی۔ آج جب گھر پہنچی تو گھر پر یہ مسئلہ بحث بنا ہوا تھا کہ اسپتال میں بھاوج کے ساتھ کون رہے گا کیونکہ دونوں بچّے تو وہ ہمارے پاس چھوڑ دے گا۔ قرعہ میرے نام نکلا ،میں نے معذرت کی کیونکہ ہمارے کالج میں امتحانات ہونے والے تھے۔ اور پھر سب نے حسب عادت میرے بارے میں اپنی اپنی تقریر شروع کر دی۔ کہ مجھ پر سوائے کالج کے کوئی اور ذمہ داری تو ہے نہیں ،نہ مجھے گھر سنبھالنا ہے نہ شوہر کو جواب دینا ہے ،نہ ہی بچّے سنبھالنے ہیں تو میں انکار کیسے کر سکتی ہوں ،میں خاموش ہو گئی۔ مگر اس سے پہلے امّاں نے سبکو ڈانٹ دیا کہ اگر اس پر یہ ذمہ داری نہیں ہے تو اس کا یہ مطلب ہر گز نہیں ہے کہ وہ تمہاری ہر بات کو مانے ،اگر اس کا دل نہیں چاہ رہا یا وہ مصروف ہے تو اس کو زبردستی اس بات کے لئے تیار کرنے کا کسی کو حق نہیں ہے کہ وہ اسپتال جائے'۔ امّاں کی بات نے سبکو چپ کر دیا مگر بھائی پریشان تھا۔ میں نے اس سے کہا 'اگر تم مجھے اسپتال سے کالج ڈراپ کر دیا کرو تو میں دو تین دن گزار دوں گی کیونکہ امتحان میں ،میں ناغہ نہیں کر سکتی وہ اس بات پر تیّار ہو گیا۔ اور یہ مسئلہ حل ہو گیا۔

میری یہ بھاوج ویسے تو بہت اچھّی تھی بس اس کو اپنے خاندان پر بڑا غرور تھا۔ اپنے گھر کے طور طریقوں کو سب سے بہتر سمجھتی تھی کوئی موقعہ اپنے لوگوں کی تعریف اور

بڑائی کا جانے نہ دیتی تھی۔ کالج سے واپسی پر میں اسپتال چلی گئی شام تک ہم دونوں باتیں کرتے رہے اس نے مجھے قائل کیا کہ شادی شدہ زندگی انسان کی ضرورت ہے اور یہ بھی کہ میں ایک بہت بڑی نعمت سے محروم ہوں ساتھ ہی اس نے یہ بھی کہا کہ بڑی آپا اگر اس عمر میں بھی آپ کی شادی ہو جائے تو کوئی حرج نہیں ہو گا لوگ کچھ دن باتیں کریں گے پھر چپ ہو جائیں گے۔ اسکی خواہش تھی کہ میں اس کی بات پر غور ضرور کروں۔ میں نے حامی بھرلی، اسکی طبیعت خراب ہوئی اور ڈاکٹر اسے لے کر چلی گئی، اور اللہ نے اسے ایک اور پیارا سا بیٹا عطا کیا، سبکی خوشی کی انتہا نہ تھی سب اسپتال میں جمع تھے۔ پیارا سا بچّہ تھا بھائی بھی بہت خوش تھا اور میرا شکر گزار بھی۔ دو دن اسپتال میں رہنے کے بعد وہ اپنے گھر گئی اور میں واپس آ گئی، امّاں اس کے ساتھ چلی گئیں تھیں تا کہ اس کی مدد ہو سکے۔ امّاں کے جانے سے میں کمرے میں اکیلی تھی، کیونکہ اب امّاں اور میں ایک کمرے میں تھے۔ تنہائی میں بھاوج کی باتوں کا احساس ہوا اور ساتھ ہی اس بات کا بھی احساس ہوا کہ ماں بننا کتنا بڑا اعزاز ہے، کہ انسان کا وجود ہی بدل جاتا ہے۔ بھاوج کی خوشی اور وہ غرور جو اس کے چہرے پر تھا مجھے یاد آ رہا تھا۔ اسکی باتیں ہمدردی پر منحصر تھیں مگر میں اس کی باتوں پر دل ہی دل میں ہنستی ہوئی سونے کے لئے لیٹ گئی۔ مگر اندر کہیں بے چینی ضرور تھی۔

صبح دیر سے آنکھ کھلی تیزی سے کالج کے لئے تیار ہوئی۔ آج آخری پیپر تھا اس کے بعد ایک ہفتہ ذرا سکون کا تھا۔ فارغ ہو کر ہم اسٹاف روم میں چائے پی رہے تھے، نئے پروفیسر بھی موجود تھے انہوں نے مجھ سے پوچھا کہ میری مصروفیات کیا ہوتی ہیں اور میں کس کے ساتھ رہتی ہوں، اور یہ بھی کہ میں نے کوئی ساتھی کیوں نہ چنا۔؟ مجھے اچّھا تو نہیں لگا مگر میں نے یہ سوچ کر کہ سب کچھ بتا کر جان چھڑا لو تا کہ کوئی بے چینی باقی نہ

رہے، مختصر سا جواب دے دیا۔ اسکے بعد محسوس کیا کہ وہ ضرور کوئی نہ کوئی بہانہ بات کرنے کا نکال لیتے یا کوشش کرتے کہ ان کا فارغ وقت وہی ہو جو میرا۔ باقی اسٹاف ممبرز نے جب اس بات کو محسوس کرنا شروع کیا تو مجھے بہت افسوس ہوا، اور میں نے انہیں اس بات کا احساس دلایا۔ انہوں نے مجھ سے معافی مانگی اور کہا کہ وہ ایسی کوئی بات نہیں کرنا چاہتے جس سے مجھے تکلیف ہو۔ انہوں نے کہا کیونکہ میں انہی کی ایج گروپ کی ہوں اس لئے وہ مجھ سے بات کر کے تھوڑا ہلکا محسوس کرتے ہیں میں مطمئن ہو گئی۔ انہوں نے بتایا کہ ان کی بیوی ذرا تیز مزاج اور جھکّی قسم کی ہے۔ ہر بات میں جھک لگانا اور اپنی ہی بات کو صحیح سمجھنا اس کی عادت ہے جس کی وجہ سے شادی کے چھ سال گزرنے کے باوجود وہ اس سے کوئی زیادہ قربت محسوس نہیں کرتے۔ کیونکہ بقول ان کے 'اسے میری کوئی بات پسند ہی نہیں آتی، ہر بات پر اعتراض کرنا اس کا حق ہے۔" میں بھی اس کی بہت سی باتیں پسند نہیں کرتا مگر اس کو برداشت کر رہا ہوں، کیونکہ اس کے ماں باپ بھی نہیں ہیں اور بھائی سب باہر اور اپنی اپنی دنیا میں مست ہیں۔ پھر اولاد بھی نہیں ہوئی جس کی وجہ سے بہت تنہا محسوس کرتا ہوں اور زیادہ وقت کالج میں رہنا پسند کرتا ہوں۔

انکے اسٹوڈنٹ ان کا بہت لحاظ کرتے تھے کیونکہ وہ ہر طالبعلم پر خصوصی توجّہ دیتے اور ان کے مسائل حل کرنے میں ان کا پورا پورا ساتھ دیتے۔ اسٹاف ممبرز بھی ان کے اخلاق اور ان کی صلاحیّتوں کے معترف تھے میرے دل میں ان کے لئے ہمدردی پیدا ہوئی اور اپنی سوچ پر غصّہ بھی آیا اور ہنسی بھی کہ عمر کا وہ خوبصورت حصّہ تو گزار چکی ہوں اب کیا۔؟ پھر میں اور احترام اچّھے دوست بن گئے وہ اپنے دل کا حال مجھے کہہ سناتے اور میں حتّی الامکان انہیں حوصلہ دیتی اور جو میری سمجھ میں آتا کہ انہیں کرنا چاہئے انہیں بتاتی۔

امّاں واپس آگئی تھیں اور میرا کمرہ پھر پر رونق ہو گیا تھا رات امّاں بستر پر لیٹیں تو کہنے لگیں کہ اگر میں اب بھی کچھ سوچ لوں تو اچّھا ہے۔ میں نے کہا امّاں میں اب اس عمر سے نکل چکی ہوں اب کون میرے لیئے آئے گا۔' اماں نے دبی زبان کہا کہ ایک رشتہ ہے اس کی بیوی ختم ہو گئی ہے دو بچّے ہیں، اگر میں ہاں کر دوں تو۔ اور میں حیران رہ گئی حیرت سے میری آنکھیں پھٹی کی پھٹی رہ گئیں اپنی سماعت پر یقین نہ آیا، کہ جب وقت تھا تو امّاں کو کوئی میرے لئے مناسب نہ لگا اور اب ایک ایسے شخص کو میرے لئے مناسب سمجھ رہی ہیں جو دو بچّوں کی ذمہ داری بھی مجھ پر لاد دے گا۔ 'نہیں امّاں اب یہ بات سوچنا بھی نہیں میں بہت خوش اور مطمئن ہوں۔' امّاں نے افسردہ لہجے میں کہا 'جب میں ختم ہو جاؤں گی تو تمہارا کوئی ساتھی نہ رہے گا یہ بھائی بھاوج بھی تمہارے ساتھ ایسے نہیں رہیں گے، جیسے میرے سامنے ہیں۔ ابھی تو انہیں میری شرم ہے میں نہ ہوئی تو تمہیں بہت مشکل ہو جائے گی۔ میں نے انہیں تسّلی دی کہ ایسا کچھ نہیں ہو گا اس عمر میں اپنا مذاق نہیں بنا سکتی۔ اور نہ ایسی ذمہ داری اٹھا سکتی ہوں۔ امّاں نے ان لڑکیوں کی مثال دی جن کی میری ہی جیسی عمر میں شادی ہوئی تھی۔ میں نے انہیں بتایا کہ کسطرح لوگوں نے ان کا مذاق اڑایا تھا اور کیسی کیسی باتیں کی تھیں۔ امّاں نے کہا اس سے کیا ہوتا ہے، لوگ تو باتیں بناتے ہی ہیں ہر حال میں مگر ان کو تو ایک ساتھی مل گیا جو ان کی زندگی کا ساتھ دے گا۔ میں نے ساری بات مذاق میں اڑا دی، اور سختی سے اس بات سے منع کر دیا کہ آئندہ ایسی کوئی بات نہ سوچیں۔ اور میں نے ان کے سر میں تھوڑا سا تیل ڈالا اور وہ سکون سے سو گئیں۔

احترام آجکل کافی پریشان تھے انہوں نے مجھے بتایا کہ لوگ ہمیشہ مرد ہی کو الزام دیتے ہیں، مگر بعض اوقات عورتیں بھی ذمہ دار ہوتی ہیں گر ٹوٹنے کی اگر وہ مرد کو ایسی عادات کے ساتھ اپناتی ہیں جو انہیں ناپسند ہیں تو مرد بھی تو اپنی بیوی کی بہت سی ایسی

برائیوں اور عادات کے ساتھ اپناتا ہے جو اسے ناپسند ہوتی ہیں۔ کیونکہ کچھ وقت ملنے سے انسان ایک دوسرے کو اچّھی طرح نہیں جان سکتا اصل تو جب ہی پتہ چلتا ہے جب آپ ہر وقت ساتھ رہتے ہیں، لیکن یہ رشتہ ایسا ہے کہ اس میں دو لوگ اللہ کے سامنے یہ عہد کرتے ہیں کہ اس کے احکامات کے تابع رہ کر زندگی گزاریں گے اس پر عمل کرنا دونوں فریقوں کا کام ہے۔ اور میں سمجھ گئی کہ آج وہ پھر اپنی بیوی سے ناراض ہیں مجھے دکھ ہوا۔ میری بیوی کسی بات کو اہمیّت ہی نہیں دیتی انہوں نے کہا کہ وہ زیادہ تر کوشش کرتے ہیں کہ بات نہ بڑھے مگر اکثر معاملہ خرابی پر ختم ہوتا ہے، ماں باپ سے اس لیئے نہیں کہتے کہ انہیں دکھ ہوگا اس لیئے سب کچھ خود اپنی ذات پر سہتے ہیں انہوں نے کہا کہ میری بیوی صرف اپنے لیئے سب اچھّا چاہتی ہے وہ کسی دکھ یا تکلیف میں میرا ساتھ دینے کو تیّار نہیں بلکہ کبھی کوئی پریشانی ہو تو الٹا اپنے کو کوسنے اور رونے بیٹھ جاتی ہے، جس سے میری پریشانی اور بڑھ جاتی ہے، انہوں نے بتایا کہ وہ اپنی بیوی سے بہت محبّت کرتے ہیں۔ پر چاہتے ہیں کہ کہ وہ ان کی مجبوریوں کو بھی سمجھے اور دکھ سکھ دونوں میں ان کی ساتھی ہو نہ کہ صرف سکھ میں۔ احترام نے کہا کیونکہ مرد اپنا دکھ زیادہ تر اپنے اندر رکھنا پسند کرتا ہے اس لیئے مرد زیادہ تر بہت دکھ سہتا ہے اس پر اگر وہ کوئی فیصلہ کرلے تو لوگ اسی کو برا کہتے ہیں عورتوں کے ظلم کو کوئی نہیں دیکھتا، مجھے ان کی باتیں سن کر بہت افسوس ہوا۔

میں نے انہیں سمجھایا کہ وہ واقعی بہت ہمّت کے آدمی ہیں مگر کوشش کریں کہ ان کی بیوی ان کی محبّت کو سمجھے اور کبھی کبھار سخت رویّہ بھی اختیار کر کے دیکھیں، گو میں خود ایک عورت ہوں اور اس تجربے سے بھی نہیں گزری مگر ایک دوست کو دوست کی حیثیّت سے مشورہ دے رہی ہوں، احترام کا پیریڈ شروع ہونے والا تھا ہم لوگ کلاس کی طرف چلے میں اسٹاف روم میں آگئی مگر مجھے احترام کی باتیں سن کر دکھ ہوا۔ کیونکہ دیکھنے

میں وہ کافی کوآپریٹو اور اچھّی نیچر کے آدمی لگتے تھے اور کسی کو ان سے کبھی شکایت نہ ہوئی تھی۔ حالانکہ بعض اسٹاف ممبرز ایسے تھے، کہ جن کے ساتھ بیٹھ کر بے چینی سی ہوتی تھی کیونکہ ان کا اسٹائل اور جملے بازی ناپسندیدہ ہوتی تھی۔ لیکن احترام سے ایسی شکایت کسی لیڈی اسٹاف ممبر کو نہ تھی اس لیئے مجھے ان کی بیوی پر غصہ بھی آیا اور تکلیف بھی پہنچی لیکن یہ حقیقتیں ہیں اور شاید زندگی اسی کا نام ہے۔ اور میں نے سوچا کہ واقعی عورت کی خامی بہت کم ایسے معاملات میں سامنے آتی ہے۔ اگر خدانخواستہ کہیں طلاق ہو جائے تو سارا الزام مرد ہی کو دیا جاتا ہے اسے ہی زیادہ تر برا کہا جاتا ہے۔

سارا ساتھ بھی عورت ہی کا دیا جاتا ہے یہ کوئی نہیں جاننا چاہتا کہ اصل وجہ کیا ہے۔ مجھے اپنے دوست کی تکلیف سے بہت تکلیف ہوئی۔ اور میں اس کی مدد کے پلان بنا نے لگی۔

آجکل امّاں بہت بجھی بجھی سی تھیں ان کی طبیعت بھی ٹھیک نہیں رہتی تھی بھائی اور بھابھی بھی ان کا بہت خیال رکھتے تھے اور ردا تو جیسے کالج سے آتے ہی دادی کی سہیلی بن جاتی۔ اسے امّاں کی سونا بھی پسند نہ تھا، اگر امّاں کبھی دوپہر میں لیٹ جاتیں تو وہ بار بار آکر انہیں دیکھتی ان کے سر پر ہاتھ پھیرتی جب تک امّاں اٹھ نہ جاتیں وہ یہ حرکت دہراتی رہتی۔ امّاں اٹھ جاتیں اور وہ خوشی خوشی اپنا پڑھائی کا سامان لئے امّاں کے پاس آجاتی ایسے موقعوں پر بھابھی اسے ڈانٹتی مگر امّاں انہیں منع کر دیتیں۔

رات میں جب ہم بستر پر لیٹتے اکثر امّاں، ابّا کی باتیں شروع کر دیتیں وہ اکثر بتاتیں کہ ان کی اور ابّا کی طبیعت میں بہت اختلاف تھا مگر انہوں نے کبھی ابّا کی برائیوں کو نہیں دیکھا بلکہ اپنے بڑوں کی تربیت کی وجہ سے ہمیشہ ان کی اچھّائیوں پر توجّہ رکھی کیونکہ بقول امّاں کے شادی عورت کے لئے اللہ کی طرف سے سب سے بڑی نعمت ہے۔ اگر شوہر اچھّا

ہو تو سونے پر سہاگہ لیکن اگر شوہر معیار پر پر نہ ہو اور تم اس کا ساتھ خوش اسلوبی سے نبھا ؤ تو اجر اور ثواب کی حقدار اور یہ بھی کہ اچھّی بیوی جنّت کے جس دروازے سے چاہے جنّت میں داخل ہو جائے۔ امّاں رکیں، تمہارے ابّا نے میری قدر کی مگر ہمیشہ دل میں ا چھپائی رکھی اور مجھے ہمیشہ یہ ہی احساس دلایا کہ مجھ میں کوئی قابل ستائش بات نہیں۔ وہ کہتے کہ اگر میں منہ سے کچھ نہ کہوں تو سمجھو کہ سب ٹھیک ہے یہ کیا ضروری ہے کہ میں تمہاری تعریف کروں۔ ایک طرح وہ مجھے ہمّت دلاتے تھے کہ میں جیسی ہوں اس سے اور بھی اچھّی ہو جاؤں اور ان کی اس بات نے در پردہ میری بہت تربیّت کی۔ مگر مجھے تمہاری زندگی کا بہت دکھ ہے مگر اب سوچتی ہوں کہ جو بات انسان کے اختیار میں نہیں ہوتی بس وہ نہیں ہوتی۔ لیکن میں اپنے اپ کی تمہارا قصوروار سمجھتی ہوں کیونکہ اگر میں اس وقت تمہارے ابّا کی بات نہ مانتی تو تمہاری شادی ہو جاتی، امّاں نے لمبا سانس لیا۔ میں خاموش سن رہی تھی، انہوں نے سلسلہ جوڑا، میرے اندر صلاحیتیں بہت تھیں ایک تو اللہ نے بچّے ایک کے بعد ایک سات عطا کیئے جنمیں لگ کر میں اپنے سارے غم دکھ بھول گئی تمہارے ابّا نے مجھے تمہاری پرورش میں کبھی کوئی کمی نہیں کرنے دی گو میری ضرورتیں تم لوگوں کے آنے سے محدود سے محدود ہوتی گئیں مگر گھر میں کبھی نیستی نہیں پڑی اللہ کا کرم رہا۔ صوف تمہارے دکھ نے ہمیں دکھی رکّھا سب اپنے اپنے گھر میں خوش ہیں، مگر تمہاری زندگی صرف تمہاری ہو کر رہ گئی جس کا مجھے بہت دکھ ہے مگر اس کا ذمہ دار تمہارے ابّا مجھ کو ہی ٹھہرا گئے وہ ہمیشہ اپنے فیصلوں پر عمل کرانا پسند کرتے تھے انہیں یہ بات پسند نہ تھی کہ کوئی ان کی بات کو غلط کہے۔ ملنے جلنے میں بھی بہت محتاط تھے اس معاملے میں میں نے ان کا ہمیشہ ساتھ دیا اور اپنی بہت ساری خواہشات کو قربان کر دیا۔ پھر تمہارے لئے میں نے سوچا کہ ایسا شخص ہو جو تمہیں اہمیتّ دے تمہارے جذبات

کو سمجھے اور تمہیں تمہاری صلاحیتوں کو استعمال کرنے کا موقعہ دے کیونکہ مجھے صرف یہ خیال تھا کہ اگر تمہیں کوئی قدر دان نہ ملا تو تمہاری صلاحیتیں ختم ہو جائیں گی کاش میں تمہارے لیئے کوئی ایسا ساتھی تلاش کر سکتی جو تمہاری صلاحیتوں کو اجاگر کرتا۔ تم کیونکہ میری پہلی بیٹی تھیں اس لیئے تمہارے اندر مجھے اپنی جھلک نظر آتی تھی اس لیئے میں چاہتی تھی کہ تم بہت اچھی زندگی گزارو اور میں نے تمہیں ہر دکھ سے بچانے کی کوشش کی حالانکہ میری زندگی بہت بھرپور گذری مجھے کوئی شکایت نہیں ہے مگر زندگی بہت جلد گذر جاتی ہے اگر اس وقت موقعہ نہ ملے جب انسان اپنی خوبیوں کو نکھار سکتا ہو تو پھر اس کی تمام خوبیاں اور صلاحیتیں ختم ہو جاتی ہیں نہ ان سے وہ خود فائدہ اٹھا سکتا ہے نہ دوسرے۔ بس میری یہ ہی خواہش تمہاری اس محرومی کا سبب بن گئی یہ بات مجھے چین نہیں لینے دیتی کہ اس میں تمہارے لئے کتنی بڑی آزمائش ہے، میری دعا ہے کہ تمہاری آگے کی زندگی عزّت سے گزرے اور میرے بعد تمہارے بھائی بھاوج تمہارا خیال رکھّیں۔ نہ معلوم کیوں آج وہ بہت جذباتی ہو رہی تھیں۔ انہوں نے میرا ہاتھ اپنے ہاتھ میں لے لیا ان کا ہاتھ بہت ٹھنڈا تھا میں نے ان کا ہاتھ چادر کے اندر ڈالا اور ان کو پیار کیا ،انہیں یقین دلایا کہ میں بہت خوش ہوں وہ پریشان نہ ہوں اور یہ بھی کہ کوئی ماں باپ اپنی اولاد کے لئے برا نہیں چاہتے، لیکن کچھ فیصلے وقت گزرنے کے بعد مشکل اور ناممکن ہو جاتے ہیں۔ امّاں نے آنکھیں بند کر لیں اور میرا ہاتھ پکڑے پکڑے سو گئیں۔ مجھے احترام کی باتیں یاد آئیں اور میں اس کی بیوی اور امّاں کا موازنہ کرتے کرتے سو گئی۔

کچھ دن تک سارا خاندان امّاں کے پرسے کے لئے آتا رہا اور میں سبکی باتوں محبتوں اور ہمدردی کا نشانہ بنی رہی بڑے بڑے مشورے سنے اپنی اس حالت اور زندگی کی ذمہ دار ٹھہرائی گئی۔ ان لڑکیوں بلکہ عورتوں کی مثالیں سننے کو ملیں جنہوں نے اچھّی خاصی عمر میں

شادی کی اور اچھّی زندگی گزار رہی ہیں غرض جتنے منہ تھے اتنی باتیں، مجھے تکلیف جب ہوتی جب میری چھوٹی بھاوجیں ان کے ساتھ ہو جاتیں جبکہ بہنیں میری طرفداری کرتیں۔ خیر یہ وقت بھی گزر گیااور میری آگے کی زندگی کے لئے سب دعاگو بھی تھے۔

اب کمرہ میرا تھا مگر میں نے امّاں کا بیڈ ہٹانے نہیں دیا اس سے مجھے امّاں کی موجودگی کا احساس رہتا، بلکہ اب بھی امّاں کو میں اپنے ساتھ پاتی ہوں۔ میں اب کمرے میں بہت کم رہتی، کیونکہ امّاں کی کمی بہت محسوس ہوتی اور رات تو زیادہ تر روتے ہی گزرتی۔ پر وقت سب سے بڑا مرہم ہے۔ آہستہ آہستہ غم بھی ہلکا ہو گیااور میں تنہائی کی عادی بھی ہو گئی۔

کالج جانا شروع ہو گیا احترام نے تعزیّت کی اور باقی اسٹاف نے بھی، زیادہ تر کا رویّہ ہمدردی کا تھا یا یہ جتانے کا کہ دیکھو اب کیا ہو گا۔ گھر کا ماحول کافی دنوں سوگوار رہا خاص کر جب ردا امّاں کو یاد کرتی تو ہم سب بھی رنجیدہ ہو جاتے۔ وہ ایسے سوال کرتی کہ ہماری قابلیّت دھری رہ جاتی اور وہ ہمارے کسی بھی جواب سے مطمئن نہ ہوتی، مگر اب آہستہ آہستہ وہ بھی عادی ہو گئی اور میرے ساتھ لگ گئی۔ میرے کالج سے واپس آنے کے بعد وہ زیادہ تر میرے ساتھ رہتی اور اپنے مسائل مجھ سے بانٹتی مجھے ایک نئ دنیا کا احساس ہوا کیونکہ اب تک میں اس کے اتنے قریب نہیں تھی مجھے اس کی قربت بہت اچھّی لگتی مگر میں اس دن حیران رہ گئی جب بھابھی نے یہ اظہار کیا کہ میں نے ردا کو اتنا اپنی طرف کر لیا ہے کہ وہ ماں کو بھی بھول گئی ہے میں بہت حیران ہوئی لیکن انہیں جلدی احساس ہوا اور انہوں نے مجھ سے معذرت چاہی اور ہم دونوں پھر ایک ہو گئے۔ میری پھوپی زاد جو اب میری بھاوج بھی تھی اس کی یہ بات بہت اچھّی تھی کہ وہ جلد ہی سب کچھ بھلا کر پھر میری ہو جاتی اور شاید یہ ہی وجہ تھی کہ ہم دونوں کے درمیان کوئی ایسا اختلاف نہ تھا جو دیر تک قائم رہتا۔ میں بھی ہمیشہ کوشش کرتی کہ میری کوئی بات اس کا دل نہ دکھائے۔ اور میں

آہستہ آہستہ اپنا رویّہ اسی کے مطابق کر لیتی یہ ہی وجہ تھی کہ ہمارے درمیان دوستی، محبّت اور خلوص کا رشتہ قائم تھا۔ وہ کبھی بھائی تک کوئی بات نہ پہنچاتی نہ ان کو کسی ایسی بات میں حصّہ دار بناتی جو میرے اور اس کے درمیان ہوتا۔ اسی لئے ہمارا بندھن بہت مضبوط تھا۔ اکثر دوسری بھاوجیں اس میں دراڑ ڈالنے کی کوشش کرتیں لیکن ہم دونوں کا یہ عہد تھا کہ کسی تیسرے کی بات پر کان نہ دھریں گے، بلکہ کوئی بھی بات ہو ایک دوسرے سے پوچھ لیں گے اور یہ ہی وجہ تھی کہ ہمارا رشتہ بہت مضبوط تھا۔ امّاں کے بعد بھائی بھی میرا بہت خیال رکھنے لگے تھے۔ خیال تو پہلے بھی رکھتے تھے مگر اب کوشش کرتے کہ میں امّاں کی کمی محسوس نہ کروں۔

ایک عجیب بات یہ ہوئی کہ اب ہر کوئی بہن اور بھائیوں میں چاہتا کہ ان کے پاس چلی جاؤں۔ کیونکہ میرا فائدہ اٹھانا صرف بھائی کے لئے ٹھیک نہیں بلکہ یہ فائدہ کچھ عرصہ سب کے لیئے ہونا چاہئے۔ وہ بھائی اور بھابھی کو چالاک کہہ رہے تھے کیونکہ وہ میری وجّہ سے بہت بے فکر تھے اور میں ان کے کاموں میں ہاتھ بٹاتی تھی۔ اور ان کے گھر کا بھی خیال رکھتی تھی۔ بھائی اور بھابھی بہت غمگین ہوئے مگر میں نے ان سے کہا کہ اس مسئلے کو میں حل کرلوں گی۔ اور میں نے بھابھی سے کہا کہ سب بہن بھائیوں کو کھانے پر بلائیں اور پھر مجھ سے پوچھیں کہ اب میرا کیا فیصلہ ہے اور میں کہاں رہنا چاہتی ہوں۔؟ وہ تیّار ہو گئیں سب لوگ جمع ہوئے اور مین نے اپنا فیصلہ سنا دیا کہ میں صرف اور صرف بھائی بھابھی کے ساتھ رہنا چاہتی ہوں اور یہ ہی میری خوشی ہے۔ اسکے بعد میرے اوپر کسی قسم کی کوئی زبردستی نہ کی جائے، سب خاموش ہوگئے۔ چھوٹی بھاوج جو منہ پھٹ بھی بہت تھی کہنے لگی 'ویسے تو آپ کا فیصلہ ہے، لیکن اگر کبھی پریشانی ہو تو میرا گھر حاضر ہے سب نے اسی قسم کی پیشکش کی اور معاملہ بخیر و خوبی طے ہوگیا

زندگی معمول پر آگئی۔ میرا پرموشن ہوا اور کام بھی زیادہ ہو گیا۔ اب مجھے ایک گھنٹہ زیادہ کالج میں دینا پڑتا۔ آجکل احترام بڑے اکھڑے اکھڑے سے تھے میں نے وجہ پوچھی تو وہ ہی بیوی کا رونا تھا۔ انہوں نے بتایا کہ آجکل ان کا دل گھر جانے کو نہیں چاہتا کہ گھر جاتے ہی وہ ہی بک بک شروع ہو جاتی ہے۔ میں نے احترام سے کہا وہ اپنے رویّے پر بھی غور کریں کہیں ایسا تو نہیں کہ انجانے میں وہ ہی غلطی پر ہوں۔ لیکن انہوں نے اپنا روٹین بتایا اور کہا کہ تم خود بتاؤ کہ میں کیا کروں میں نے ان سے کہا کہ میں آپ کو مشورہ ہی دے سکتی ہوں کہ آپ اس کو تھوڑا زیادہ وقت دیں اور اگر ممکن ہو تو کبھی مجھے اس سے ملائیں۔ شاید میں اسے سمجھا سکوں۔ انہوں نے حامی بھر لی اور پھر ایک دن وہ مجھے کھانے پر اپنے گھر لے گئے۔ میں نے بھائی سے اجازت لے لی تھی اور ان کو پتہ بتا کر واپسی میں پک کرنے کے لئے کہہ دیا تھا۔ احترام کی بیوی بہت اچھّی طرح ملی گھر میں سوائے ڈرائنگ روم کے کوئی جگہ بھی سلیقے کی نہیں لگ رہی تھی۔ میں حیران ہوئی کہ یہ سارا دن گھر میں کیا کرتی ہے کھانا برا نہیں تھا مگر وہ ہر بات میں احترام کو مشکل وقت دے رہی تھی، مجھے افسوس ہوا۔ مگر میں نے اس سے پھر ملنے کا وعدہ کیا اور بھائی کے ساتھ واپس آگئی۔ بھائی بھی احترام اور اس کی بیوی ملے تھے اور انہیں گھر آنے کی دعوت بھی دی تھی۔ گھر آکر میں نے اپنی بھاوج کو بتایا ان سے میں اکثر احترام کی باتیں بتاتی تھی

انہوں نے کہا اصل میں جو لڑکیاں گھر میں بہت لاڈ پیار میں پلتی ہیں وہ اپنا گھر اچھّی طرح نہیں سنبھال پاتیں، اگر ہم اس کی مدد کریں گے تو وہ ضرور ٹھیک ہو جائے گی۔ اور ہم ردا کے لئے سوچنے لگے کہ اس کو اچھی سے اچھی تربیّت دیں گے تا کہ وہ کسی پرابلم کا شکار نہ ہو۔

کچھ عرصہ سے چھوٹی کے یہاں پریشانی تھی۔ اس نے کچھ دن کے لئے مجھے اپنے

یہاں بلا لیا۔ اور وعدہ کیا کہ کالج سے لانے لے جانے کا بندوبست کرا دے گی میں ایک ہفتے کے لئے اس کے پاس جا رہی تھی، ردا کی خواہش تھی کہ میں جلد سے جلد واپس آ جاؤں۔ چھوٹی نے مجھ سے کہا کہ اگر میں اس طرح اس کی مدد کروں کہ کسی کو پتہ نہ چلے ، تو اسے کچھ پیسوں کی ضرورت تھی میں نے اسے اطمینان دلایا اور میرے جو پیسے جمع تھے وہ ان کو دے دیئے، بہنوئی نے بہت جلد واپس کرنے کا وعدہ کیا۔ چھوٹی اور اس کا شوہر ہمیشہ میری بہت عزّت کرتے تھے۔ اور اپنوں کے کام آنا تو سب سے بڑی عبادت ہے۔ اور میں جوش تھی کہ اپنی بہن کے کام آ رہی ہوں۔ مجھے چھوٹی کے پاس آئے تیسرا دن تھا کہ بھابھی کی طبیعت بہت خواب ہو گئی اور بڑے بھیّا مجھے بلانے آئے۔ پہلی دفعہ تھی کہ چھوٹی نے بھائی سے کہا کہ مجھ پر اس کا بھی حق ہے اس لئے وہ مجھے ابھی نہیں جانے دے گی، اور یہ بھی کہ بڑے بھیّا میرے بغیر رہ کر دیکھیں، کہ کیسے گھر کو سنبھالتے ہیں۔ بقول اس کے اس کا حق بھی مجھ پر اتنا ہی ہے جتنا بھائی کا۔ میں حیران تھی میں نے غصّے سے کہا 'میں تمہاری جائیداد نہیں ہوں کہ تم مجھ پر حق جتاؤ'۔ اس نے کہا' آپ کا سب سے زیادہ فائدہ بڑے بھیّا اٹھا رہے ہیں ان کو بھی تو پتہ چلے کہ آپ کے بغیر کیسے مشکل ہو سکتی ہے '۔ میں نے چھوٹی کو ڈانٹا اور کہا کہ وہ ایسی باتیں بند کرے اور میں یہ کہہ کر کہ جب تک تم بڑے بھیّا سے معافی نہیں مانگو گی میں تمہارے یہاں نہیں آؤں گی میں بھیّا کے ساتھ واپس آ گئی۔ بڑے بھیّا بہت حیران تھے وہ ایک لفظ بھی نہ بول سکے۔ کہنے لگے سمجھ نہیں آیا کہ چھوٹی کو کیا ہو گیا۔ میں نے بھیّا کو اس کی پریشانی کے بارے میں بتایا تو وہ افسوس کرنے لگے ، لیکن بہت دکھی ہو گئے۔ میں نے انہیں منع کیا کہ بھابھی کو کچھ نہ بتائیں۔ انہوں نے اثبات میں سر ہلایا۔ اور ہم گھر پہنچ گئے۔

بھابھی کی طبیعت کافی خراب ہو گئی۔ اکثر رشتہ دار جو قریبی تھے ان کی طبیعت

پوچھنے آئے۔ اور سب ان کو یہ احساس دلاتے رہے کہ میں اگر ان کے ساتھ نہ ہوتی یا انہوں نے مجھے اپنے ساتھ نہ رکھّا ہوتا تو وہ کتنی پریشانی اٹھاتیں، مجھے بہت دکھ ہوا کہ لوگ کوئی موقعہ دوسرے کو دکھ دینے کا چھوڑنا نہیں چاہتے۔ بھابھی بھی افسوس کرتیں میں انہیں سمجھاتی کہ یہ دنیا ہے یہ کسی کو جینے نہیں دیتی۔ احترام اور اس کی بیوی بھی بھابھی کی طبیعت پوچھنے آئے۔ انکی بیوی گھر کے سلیقے کو دیکھ کر بہت حیران ہوئی کہنے لگی 'آپ نے تو گھر کو بالکل سجا کر رکھّا ہوا ہے '۔ میں نے کہا۔ 'اچھے لوگ اپنے گھروں کو اسی طرح صاف ستھرا رکھتے ہیں تا کہ دل بھی خوش رہے اور سلیقہ بھی پتہ چلے۔ 'میں نے ان لوگوں کو کھانے پر روک لیا سادہ سا کھانا تھا لیکن وہ دونوں ہی بہت رغبت سے کھا رہے تھے احترام بہت ڈرتے ڈرتے کھانے کی تعریف کر رہے تھے اور مجھے لگا کہ وہ بیوی سے خوف زدہ ہیں۔ وہ دونوں بھابھی سے بھی بہت اپنائیت سے ملے اور ان کی صحت کی دعا کرتے ہوئے رخصت ہوئے۔ انکے جانے کے بعد بھابھی نے کہا۔ 'اس لڑکی کو تھوڑی سی اپنائیت اور صلاح کی ضرورت ہے، اگر موقعہ ملے تو اسے کبھی کبھار سمجھاؤ میر اخیال ہے ٹھیک ہو جائے گی۔'

بھابھی دو ہفتے کی بیماری میں کافی کمزور ہو گئیں تھیں۔ چھوٹی اس عرصے میں دو دفعہ آئی لیکن اتّفاق سے جب وہ آئی کوئی نہ کوئی مہمان موجود تھا اس لئے وہ بڑے بھیّا سے بات نہ کر سکی تھی۔ آج وہ ایسے وقت آئی جب ہم سب کام ختم کر کے سونے کے لئے جا رہے تھے، بھائی اسے دیکھ کر پریشان ہوئے، اور اسے لپٹاتے ہوئے خیریت پوچھنے لگے، وہ ان سے لپٹ کر رونے لگی اور روتے روتے اپنے اس دن کے رویئے پر بھیّا سے معافی مانگی۔ بھیّا نے اسے تھپکی دیتے ہوئے کہا بھئی تو نے کیا غلط کہا تھا جو معافی چاہتی ہے۔ لیکن وہ ان سے لپٹی روتی رہی۔ میں نے اسے بٹھایا اور پانی پلایا۔ اس نے مجھ سے بھی معافی مانگی

میں نے اسے سمجھایا کہ کبھی ایسی سخت بات نہ کرو جو دوسرے کی دل دکھا دے۔ بلکہ اپنوں کا تو اور بھی بہت خیال رکھنا چاہئے۔ تمہیں پتہ ہے کہ مجھے کسی نے اپنے ساتھ رہنے پر مجبور نہیں کیا بلکہ میں خود جہاں رہنا چاہوں گی رہوں گی،اس نے ایک دفعہ پھر اپنے رویئے کی معافی مانگی اور بتایا کہ ایک ہفتے میں وہ میرے پیسے واپس کر دے گی کیونکہ اس کی پریشانی اب دور ہو گئی ہے۔ مجھے بہت خوشی ہوئی لیکن پھر بھی میں نے کہا'اگر ضرورت ہو تو ابھی وہ پیسے اپنے پاس رکھ سکتی ہے۔

سب اپنی اپنی جگہ خوش اور ٹھیک ٹھاک تھے صرف چھوٹی کو کبھی کبھار پریشانی ہو جاتی تھی جو وہ میرے سوا کسی سے شیئر نہیں کرتی تھی۔ دو بھائی ملک سے باہر چلے گئے تھے کبھی کبھار ان کے فون آجاتے ان کی بیویاں اگر آتیں بھی تو اپنے میکے میں رہ کر چلی جاتیں یا فون پر بتا دیتیں کہ ہمارے پاس وقت بالکل نہیں ہے ہمیں شاپنگ بہت کرنی ہے وغیرہ وغیرہ۔

کبھی کبھی مجھے تنہائی بہت محسوس ہوتی۔ اور لگتا کہ کہیں کوئی خلاء ہے جو پر کرنا اب میرے بس میں نہیں ہے۔ جب میں عورتوں کو اپنے بچّوں کے ساتھ کھیلتے ان کے کام کرتے دیکھتی تو مجھے اچھّا لگتا۔ اور یہ بھی محسوس کرتی کہ یہ تو بہت مشکل کام ہے مگر جب کرنے کو کچھ نہ ہوتا تو لگتا کہ کوئی کمی ہے۔ کوئی ساتھی چاہئے تھا، جو میری سنتا، مجھ سے لڑتا جھگڑتا، اپنی سناتا دکھ سکھ بانٹتا، کیونکہ میں تو سب کے مسئلے کا حل تھی مگر میرے لیئے کسی کو کچھ سوچنے کی ضرورت نہ تھی کیونکہ بقول ان کے میرا تو کوئی مسئلہ ہی نہ تھا۔ مجھے تو کسی بات کی ضرورت ہی نہ تھی اور اکثر اکیلے میں رو کر اپنا دل ہلکا کر لیتی۔ اور نماز پڑھ کر سکون محسوس کرتی۔

دن ہفتوں میں، ہفتے مہینوں میں، اور مہینے سالوں میں ڈھل گئے۔ ردا نے انٹر کر لیا

بھیّا نے گھر میں پارٹی رکھی سب لوگ آئے بہت اچھّا لگا احترام اور ان کی بیوی بھی آئے اب ان کی بیوی ذرا سنبھل گئی تھی مجھے جب موقعہ ملتا میں اسے سمجھاتی، 'کہ اپنے شوہر کی قدر کرو اپنے گھر کو سلیقے سے رکھّو مصروف رہو گی تو تمہارے لئے اچھّا ہے۔ اس نے میری باتیں سنیں۔ احترام اب ذرا سکون سے تھے اور اکثر میرا شکریہ ادا کرتے۔

ردا نے ہوم اکنامکس کالج جوائن کیا اور اب اس کا وقت بہت مصروفیت میں گزرنے لگا پہلے تو بہت حراساں ہوئی لیکن پھر دلچسپی لینے لگی بھابھی بھی اس کی مدد کرتیں اور اسطرح وہ بہت اچھی طرح کالج میں سیٹ ہو گئی بلکہ اپنے کام اور محنت کی وجہ سے ٹاپ اسٹوڈینٹس میں شمار ہونے لگی میں بھی اس کی تعلیم میں دلچسپی لیتی۔ اسکی دوستیں اکثر اس سے میرے بارے میں استفسار کرتیں کہ میری شادی کیوں نہیں ہوئی یا میں کیوں ان کے ساتھ رہتی ہوں۔ اور وہ ان سے لڑ جھگڑ کر آ جاتی۔ اور ایسے موقعوں پر اس کا موڈ بہت آف ہو جاتا وہ کہتی 'لوگوں کو دوسروں کے معاملات سے کیا دلچسپی ہے میں تو کسی کے بارے میں نہیں پوچھتی، وہ کیوں مجھ سے سوال کرتے ہیں، وہ کیوں آپ کو کچھ کہتے ہیں۔' میں اسے سمجھاتی کہ '۔ بھئی تم بتا دیا کرو کہ میری پھپھو نے خود ہی شادی نہیں کی۔' اور وہ مطمئن ہو جاتی۔

خاندان میں کچھ شادیاں تھیں اور میں خود کو ان کے لئے تیّار کر رہی تھی کہ یہ موقعے میرے لیئے بہت صبر آزما اور برداشت کرنے کے ہوتے تھے ساتھ ہی بھابھی کے لئے بھی کیونکہ لوگ اسے بھی موردالزام ٹھہراتے کہ اگر وہ چاہتی تو میری سوچ بدل سکتی تھی۔ غرض یہ وقت ہم دونوں کے لئے سخت ہوتا۔ اب عمر ایسی تھی کہ کوئی یہ تو نہ کہتا کہ شادی ہو سکتی ہے بلکہ نہ ہونے پر اور وقت کی ناقدری کرنے پر برا بھلا کہتے نظر آتے۔

اور ایسا ہی ہوا کہ بزرگوں نے مجھے دیکھ کر ٹھنڈی آہیں بھریں اور میری عمر کی جو

خواتین اب اپنے بچّوں کے ساتھ تھیں انتہائی فخر و غرور سے اپنی مصروفیت بچوں کی باتیں اور شوہروں کے ذکر کرتی نظر آتیں۔ مجھے ہمدردی سے دیکھتیں یا یہ کہ دیکھو ہم کیسی بھر پور زندگی گزار رہے ہیں اور تم کیسی نعمت سے محروم ہو۔ کچھ کی آنکھوں میں عجیب سی کیفیت ہوتی جو یہ احساس دلاتی کہ شاید میں اس قابل ہی نہ تھی کہ اس بندھن میں بندھتی۔ غرضیکہ یہ تقریبات میرے لئے انتہائی تکلیف کا باعث ہوتیں۔ لیکن اس میں ان محبت کرنے والوں کی کمی نہ تھی جو کبھی نہ اس ذکر کو اٹھاتے نہ مجھے یا میرے ماں باپ کو، یا بھائی بھاوج کو موردالزام ٹھہراتے نہ کبھی کوئی ایسی بات یا رویّہ رکھتے جو میرا دل دکھائے۔ وہ لوگ مجھے بہت عزیز تھے۔ وہ مجھے ہمیشہ اس کرب سے نکال لیتے اور ان کے پاس بیٹھ کر میں بہت ہلکا پھلکا محسوس کرتی۔

ایک دن احترام نے بہت مایوسی سے بتایا کہ وہ سارے علاج کرا چکے لیکن اولاد ہونے کی کوئی توقع نہیں ہے۔ انکی بیوی کوئی بچّہ گود لینا چاہتی ہے ان کی بیوی اب بہت بہتر ہوگئی تھی اور ان کا خیال بھی رکھنے لگی تھی اور گھر بھی بقول ان کے اب رہنے کے قابل ہوگیا تھا۔ مجھے ان کی مایوسی دیکھ کر دکھ ہوا مگر میں نے انہیں تسلّی دی۔ 'اللہ سے اچھی امید رکھو وہ ضرور مدد کرے گا۔ انکی بیوی اپنی بھانجی گود لینا چاہتی تھی لیکن احترام تیّار نہ تھے۔ میں نے سمجھایا کہ اس میں کیا برائی ہے۔ وہ اس کی بھانجی ہے تو وہ اس کا خود ہی خیال رکھے گی، میں بھی خالہ ہوں اور جانتی ہوں کہ بہن بھائیوں کی اولاد جان سے زیادہ عزیز ہوتی ہے۔ احترام خوش ہو گئے۔ اور اسطرح اللہ نے ان کی زندگی ایک طرح مکمّل کر دی۔ اب وہ دونوں بہت خوش تھے۔ اور ان کی بیوی بھی بیحد ذمہ داری سے مجھے اپنی مصروفیت بتاتی اور کہتی کہ آپ مجھے بہنوں کی طرح عزیز ہیں میں بھی اس کی محبت سے خوش تھی۔ کہ میں نے اپنی دوستی کا حق نبھایا تھا۔

احترام اکثر کہتے کہ میں تمہیں بہن نہیں کہوں گا بلکہ بس تم میری دوست ہو۔ بہت اچھی دوست۔ کیونکہ بہنوں سے آدمی ہر بات شیئر نہیں کر سکتا دوست سے کر سکتا ہے ،جب موڈ میں ہوتے تو کہتے میں شروع میں سوچتا تھا کہ بیوی کو طلاق دے کر تم سے شادی کرلوں گا مگر ایسا موقع نہیں آیا، میرے ہاتھ میں جو ہوتا میں ان پر دے مارتی اور وہ ہاتھ جوڑ کر معافی مانگتے نہیں بھئی تم میری بہت قابل احترام دوست ہو جس کے لئے میرے دل کے تمام قابل قدر جذبات ہیں۔ میں ان سے نہ بولنے کی تڑی دیتی اور وہ یہ کہہ کر کہ میں ان کی قابل فخر دوست ہوں مجھے منا لیتے۔

ہمارے دیکھتے ہی دیکھتے رویّوں میں بہت تبدیلی آ گئی تھی ہم تین اسٹاف ممبرز پرانے تھے باقی اب نئی اسٹاف ممبرز اور پروفیسرز آرہی تھیں۔ میں محسوس کرتی کہ اب جو لوگ آرہے تھے خاص کر خواتین ان کی اقدار بہت بدل گئی تھیں۔ ان میں اب وہ بردباری نظر نہیں آتی تھی زیادہ تر طبیعتوں میں چلبلا پن اور انتہائی بے باکی تھی دوسروں کو نیچا دکھاتی اور خوار کرتی۔ اکثر طعنے دینے کی بری عادت میں بھی مبتلا تھیں جس کا نشانہ زیادہ تر میری ذات ہوتی کیونکہ ایک میں ہی غیر شادی شدہ تھی۔ ہماری پرنسپل انتہائی بردبار اور نیک خاتون تھیں۔ میرا بہت خیال رکھتی تھیں۔ میرے ٹرانسفر کے کے لئے آرڈر آئے ،انہوں نے مجھے بتایا کہ مجھے اپ گریڈ کر کے دوسرے کالج بھیجا جارہا ہے۔ میں نے ان سے کہا اگر مجھے اسی کالج میں رہنے دیا جائے تو اچھا ہے۔ انہوں نے میرا ساتھ دیا اور مجھے اسی کالج میں اپ گریڈ کر دیا گیا۔ احترام کا ٹرانسفر ہو گیا مجھے دکھ ہوا اور اسے بھی۔ لیکن ہمارے فیملی تعلقات ہو گئے تھے اس لئے زیادہ محسوس نہیں ہوا۔ نئی اسٹاف ممبرز میں ایک لڑکی اچھی تھی اس سے میری دوستی ہو گئی۔ اسکے دو بچے تھے وہ اپنے شوہر کا ہاتھ بٹانے کے لئے جاب کر رہی تھی مجھے وہ احترام کا نعم البدل لگی۔ اور ہم ایک

دوسرے کے دوست ہو گئے ،اس نے بتایا کہ اس کی بڑی بہن کی شادی بھی بڑی مشکل سے اور کافی عمر میں ہوئی تھی ،اس لئے وہ ان تمام طعنوں اور دکھوں کی تکلیف سمجھ سکتی ہے میں ہنس دیتی بھئی مجھے تو اب پتہ بھی نہیں چلتا اب تو ساری زندگی گزر گئی ہے بڑھاپا دستک دے رہا ہے اب یہ سب تکلیف نہیں دیتا۔ مجھے یہ جان کر بہت خوشی ہوئی کہ وہ ہمارے گھر کے قریب ہی رہتی ہے۔ پانچ منٹ کی ڈرائیو تھی ، اکثر کالج بھی ہم ساتھ ہی آنے جانے لگے وہ کبھی کبھار ہمارے گھر بھی آجاتی اگر اسے مجھ سے کوئی کام ہوتا۔ اور اسطرح وہ ہمارے دوستوں میں ایک اضافہ ثابت ہوئی۔

میرے نمبر دو بھائی طبیعت میں بالکل ابّا کی طرح تھے ،انکی بیوی اکثر ان کی شکایت کرتی ، کیونکہ وہ اس کی کسی بھی بات کو آسانی سے نہ مانتے تھے۔ اور اس کی کسی بات میں حوصلہ افزائی نہ کرتے تھے۔ بلکہ اس کو ہمیشہ تنقید کا نشانہ بناتے تھے ان کے بقول اس میں کوئی صلاحیت ہی نہ تھی اور اسطرح وہ خود مختار بن بیٹھے تھے بس جو خود چاہتے وہ ہی کرانا اور کرنا پسند کرتے تھے۔ حالانکہ میری یہ بھاوج بھی بہت اچھی تھی باقی دو سے مختلف تھی سب کا خیال محبت رکھتی تھی بس مجھ سے ہی شکایت کرتی تھی اور جب کبھی وہ بھائی کی شکایت کرتی مجھے ابّا یاد آجاتے اور میں اسے سمجھاتی کہ وہ تمہیں چاہتے بہت ہیں بس یہ سمجھ لو کہ ابّا کی عادت ان میں آگئی ہے وہ رونے لگتی۔ 'اب بچے بڑے ہو رہے ہیں اور یہ مجھے بالکل ایسا کر دیتے ہیں جیسے مجھے کچھ آتا ہی نہیں اب میں بھی اس عمر میں ہوں کہ مجھے محسوس ہوتا ہے۔' میں اسے تسلّی دیتی اور سمجھاتی کہ دل برا نہ کرو ہر کسی میں کوئی نہ کوئی خامی ہوتی ہے بس تم ان کی یہ خامی سمجھ کر برداشت کرلو۔ وہ ہمیشہ کہتی کہ مجھے کوئی تکلیف نہیں ہے میرا بہت خیال رکھتے ہیں۔ کبھی پریشان نہیں دیکھ سکتے۔' مین نے کہا شکر کرو یہ کوئی اتنی تکلیف دہ بات نہیں رہے گی اگر تم ان کی عادت سمجھ لو یا ان کی مجبوری۔ تم اس

پر کڑھنا چھوڑ دو عادت سمجھ کر در گزر کر دیا کرو وہ خاموشی سے سنتی رہی اور پھر کہنے لگی 'ہاں شاید آپ ٹھیک کہہ رہی ہیں میں ہی شاید جذباتی ہو جاتی ہوں۔' اور وہ میرے ساتھ کھانا لگانے میں مدد کرنے لگی۔ بھائی کوئی نہ کوئی بات نکال کر اس کو ٹوکتے۔ اور وہ اور میں ہنسنے لگتے۔

آج کالج میں تھوڑی سی تلخی ہو گئی۔ دو نئی اسٹاف ممبرز آپس میں جھگڑ پڑیں میں نے سمجھایا تو دونوں نے مجھے یہ کہہ کر لاجواب کر دیا کہ میں نہ ان کے مسائل سمجھتی ہوں اور نہ مجھے شادی شدہ زندگی کا تجربہ ہے۔ اور یہ کہ جو تجربہ میرے پاس ہے تنہائی اور اکیلی زندگی کا اس کی انہیں کوئی ضرورت نہیں ہے۔ مجھے بہت دکھ ہوا۔ فرخندہ نے مجھے سمجھایا کہ یہ لوگ اپنے مسائل خود نمٹا لیں گے آپ ان کے معاملے میں نہ بولا کریں۔' میں نے کہا 'بھئی مجھے تو یہ حیرت ہے کہ اس میں میری زندگی یا میرے تجربے کو بیچ میں لانا سمجھ میں نہیں آیا۔'۔ 'اسی بات سے اندازہ لگا لیں کہ وہ صرف آپ کو نشانہ بنا رہی تھیں اور کچھ نہیں۔' اور میں نے عہد کر لیا کہ آئندہ کسی کے معاملے میں نہیں بولوں گی۔

گھر آ کر بھی طبیعت مکدّر رہی بھابھی اپنے بوتیک گئی ہوئی تھیں اور ردا اپنی کسی دوست کے ساتھ اپنا پروجیکٹ مکمّل کر رہی تھی ردا کی دوست نے اس سے کہا۔ 'کتنا اچھا ہے کہ تمہاری پھپھو تمہارے ساتھ ہیں تمہیں ان کی کمپنی ملتی ہے، ورنہ سارا وقت مما کی باتیں سن سن کر انسان بور بھی ہو جاتا ہے اور غصّہ بھی آتا ہے۔' ردا نے بڑے فخر یہ کہا پھپھو میری دوست بھی ہیں۔ اور مجھے ایسا لگا کہ میری ساری کوفت دور ہو گئی۔ وہ دونوں چائے بنا کر میرے پاس ہی آ گئیں۔ اور اس وقت یہ دونوں مجھے فرشتہ لگیں۔

ایسا نہیں تھا کہ بھائی اور بھابھی میں کبھی جھگڑا یا اختلاف نہ ہو تا ہو اکثر دونوں جھگڑ پڑتے لیکن بھائی میں اماں کا اثر زیادہ تھا، اس لئے وہ جلدی ٹھیک ہو جاتے۔ اور بھابھی بھی

بات کو زیادہ طول نہیں دیتی تھی۔ جب کبھی ان دونوں میں جھڑپ ہوتی میرے اندر بھی کہیں طوفان اٹھتا کہ کاش مجھ پر بھی کوئی تنقید کرنے والا ہوتا کوئی مجھ سے باز پرس کرتا میں بھی کسی کے نخرے اٹھاتی مجھ پر بھی کوئی اپنا زور جماتا اور اس وقت میرے اندر کا طوفان اور محرومی میری برداشت سے باہر ہو جاتی۔ اور عافیت اسی میں ہوتی کہ مین اپنے کمرے میں جا کر چپ چاپ لیٹ جاؤں۔ مجھ سے کسی نے کبھی کوئی پوچھ گچھ نہیں کی تھی کبھی بھائی بھاوج نے مجھ پر کوئی ذمہ داری نہیں ڈالی تھی۔ میرا جو دل چاہتا گھر کے لئے کرتی۔ ردا کے لئے لاتی یا بھائی بھاوج کے لئے، مجھ پر کوئی پابندی بھی نہیں تھی۔ ہاں اکثر اس وقت دل ضرور ٹوٹتا جب میں بہت شوق سے کوئی چیز گھر کے لئے لاتی، لیکن بھابھی کو وہ چیز غیر ضروری لگتی۔ اس وقت مجھے احساس ہوتا کہ اگر میرا اپنا گھر ہوتا، میں جو چیز جہاں چاہے جیسے چاہے رکھتی۔ اس وقت مجھ میں بہت ٹوٹ پھوٹ ہوتی اس کا حل میں نے یہ نکالا کہ بھابھی کے ساتھ ان کی پسند کی چیز جا کر خریدتی اور وہ بھی خوش ہو جاتیں۔

پھر مجھے لگتا کہ شاید کچھ لوگ دوسروں ہی کے لئے پیدا ہوتے ہیں۔ اب مجھ میں ایک تبدیلی یہ بھی آگئی تھی کہ میں زیادہ تر کوشش کرتی کہ اگر کوئی شادی کے خلاف بولتا تو میں ڈر جاتی۔ اور ڈھکے چھپے سمجھانے کی کوشش کرتی۔ وقت پر لگا کر اڑ گیا ردا نے گریجویشن کر لیا۔ اور اب اس کے رشتے بھی آنے لگے تھے، اور اس کے انکار نے بھائی اور بھابھی کو مجھ سے ناراض کر دیا اور اتنے سالوں میں پہلی دفعہ بھائی اور بھابھی کی آنکھوں میں میرے لئے کچھ عجیب سا غصّہ یا کچھ سمجھ نہیں آرہا تھا کہ کیا تھا یقیناً اولاد کی محبت تھی۔ وہ جذبہ وہ رشتہ جس کے آگے سارے جذبات سارے رشتے ہیچ ہیں۔ اور پھر میں نے ردا کو سمجھایا کہ وہ جس زندگی کو بہت حسین اور خوبصورت سمجھ رہی ہے وہ اتنی آسان نہیں ہے اور ایسا دکھ جو انسان کسی سے نہ کہہ سکے اس کی تکلیف اور اس اذیّت کا

اندازہ کرنا بھی مشکل ہے۔ مین نے اسے اپنی کہانی سنائی۔ اور ردا مجھ سے لپٹ کر زار زار رونے لگی اور کہنے لگی 'پھپھو میں آپ کا دکھ نہیں بانٹ سکتی لیکن میں آپ کی بیٹی ہوں ،میں ہمیشہ آپ کی بیٹی رہوں گی ،میں کسی کو آپ کا دل نہیں دکھانے دوں گی 'اس نے سانس لیا۔' پھپھو میں تو سمجھتی تھی کہ آپ پر نہ کوئی ذمہ داری ہے نہ کوئی آپ کو روکنے ٹوکنے والا، مجھے تو لگتا تھا کہ آپ بہت خوش قسمت ہیں کہ آپ پر کسی قسم کا کوئی بوجھ نہیں ہے جو چاہے کریں جیسے چاہے رہیں ،جو چاہیں پہنیں ، جہاں چاہے جائیں، پھپھو مجھے نہیں پتہ تھا کہ آپ اپنے اندر کتنا بڑا دکھ اور غم لئے ہوئے ہیں۔'

وہ بار بار مجھ سے لپٹ رہی تھی ،اپنی سوچ پر معافی مانگ رہی تھی۔ میں نے کہا۔

'میں تمہیں معاف کر دوں گی اگر تم شادی کے لئے ہاں کر دو۔'

اور ردا نے شادی کے لیئے ہاں کر دی ،اور میں اتنی مطمئن ہو گئی جیسے اینٹوں پر چلتے چلتے ایک دم نرم اور خوبصورت ریت پیروں کے نیچے آجائے میں نے ردا کے لیئے بہت اچھے جیون ساتھی کی دعا کی۔

میں نے بھائی بھابھی کو خوشخبری دی تو بھیّا اور بھابھی کی خوشی کی انتہانہ تھی ، بھائی نے بے اختیار میرے سر پر ہاتھ رکھّا مجھے دعا دی کہ تھی تو ان کی چھوٹی بہن ،اور اس کا بھی اعتراف کیا کہ کاش وہ میرے لئے کچھ کر سکتے جب وقت تھا،وہ اپنے آپ کو ذمہ دار ٹھہرا رہے تھے اور شاید اتنے سالوں میں پہلی دفعہ بھیا کو اپنے اس وقت لا تعلق رہنے کا قلق ہو رہا تھا۔ میں نے ان کو اس شرمندگی سے بچانے کے لئے ان سے مٹھائی کا تقاضہ کیا اور بھائی اور بھابھی خوشی خوشی شام کی چائے کے لئے ناشتہ لینے چلے گئے۔

کسی کے جھنجھوڑنے سے میری آنکھ کھلی ،یہ میری چھوٹی بھانجی تھی۔

'خالہ جلدی اٹھیں تیّاری کریں سب حال جانے کے لئے تیّار ہو گئے ہیں'۔ میں گھبرا

کر جلدی سے تیّار ہونے چلی مگر میرے اندر کہیں بہت اطمینان اور خوشی تھی کہ میں نے ایک غلط فیصلے پر قدم رکھتی زندگی کو صحیح راہ پر ڈال دیا اور ان محرومیوں سے بچالیا جن سے میں گزری تھی۔

***